le plus beau des trésors

Un conte malgache raconté par
Robert Giraud et Albena Ivanovitch-Lair

illustré par Charlotte Gastaut

Pour Étienne.
A. I.-L.
À Audrey et à son sens de la danse.
R. G.

Pour Éric...
C. G.

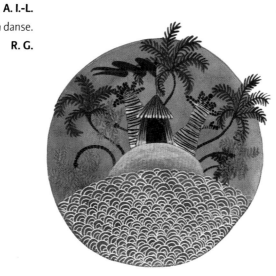

Père Castor ● Flammarion

© 2004 Père Castor Éditions Flammarion
ISBN : 2-08162533-4 – ISSN : 0768-3340

Au large des côtes de l'Afrique,
sur la grande île de Madagascar,
un puissant roi régnait dans un superbe palais
orné de tapis brodés et de meubles finement sculptés.

Dans un village de son royaume,
habitait un paysan qui chantait et dansait
merveilleusement, comme son grand-père
et son père l'avaient fait avant lui.
Un jour, il tomba gravement malade,
mais il avait eu le temps
d'enseigner son art à son fils.

Les villageois qui invitaient toujours
le père à toutes leurs fêtes pour les animer,
firent de même avec le garçon et,
en remerciement, ils lui donnaient de la nourriture.

Le roi était d'un caractère triste et maussade ;
il ne s'amusait jamais, ne donnait jamais de fêtes
et ne s'intéressait qu'à l'or et aux richesses.

Tous les ans, il envoyait ses soldats
dans les villes et villages du royaume
pour récolter l'impôt.

Le soldat qui arrivait chez le cordonnier
faisait le tour de son échoppe
et choisissait la plus jolie paire de chaussures.

Celui qui allait chez le tisserand examinait
ses tissus et emportait le plus somptueux.

Le tailleur devait remettre le vêtement
le plus élégant qu'il avait confectionné.

L'orfèvre était obligé de céder
le plus parfait des bijoux qu'il avait fabriqués.

Chez les paysans, les soldats s'emparaient
des sacs contenant les grains les plus dorés
et emmenaient la vache la plus grasse.

Quand le soldat collecteur d'impôt arriva,
cette année-là, chez le paysan malade,
celui-ci ne put rien lui donner,
car il n'avait pas pu cultiver sa terre,
et son fils était trop jeune
pour faire seul tout le travail.
Le collecteur lui dit alors :

– Tu sais ce qui arrive
à ceux qui ne paient pas
l'impôt au roi.
Tu seras puni de mort.

Le paysan eut beau supplier,
parler de sa maladie,
promettre qu'il paierait le double
l'année suivante, le collecteur
ne se laissa pas fléchir.

Le fils du paysan prit alors la parole :
– Ne tuez pas mon père ! J'ai, moi, quelque chose
d'infiniment précieux à apporter au roi.
– Montre-moi cette merveille ! exigea le soldat.
– Non, c'est une surprise que je réserve au roi.
Lui seul en est digne.
– Alors, viens demain au palais, lui ordonna l'homme.
Si tu m'as menti et que tu n'apportes rien,
tu seras mis à mort en même temps que ton père.

Une fois le collecteur parti, le fils rassura son père :
– Ne t'inquiète pas, père, j'ai mon idée.

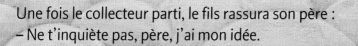

Le lendemain, le fils se mit en route,
suivi de loin par les habitants du village,
inquiets de voir ce qui allait se passer.

Quand le garçon arriva au palais,
les soldats l'amenèrent tout de suite devant le roi.
– Voilà le fils du paysan
qui ne nous a pas payé d'impôt, dirent-ils.
Il prétend qu'il a pour vous une surprise
plus précieuse que tout l'or du monde.
– Où est-elle donc ta surprise ? interrogea le roi,
renfrogné comme à son habitude.
Je vois que tu as les mains vides.

Pour toute réponse,
le fils du paysan ouvrit grand la bouche
et attaqua la plus belle chanson
qu'il ait jamais composée
et que personne n'avait jamais entendue.
Tout son corps ondula
comme un buisson agité par le vent.
Tantôt il battait des mains, tantôt il tapait des pieds,
pour marquer la cadence.

Entraînés par la musique, les villageois
venus avec lui se mirent eux aussi à danser.

Les courtisans se retinrent un moment
de peur de mécontenter le roi, mais finalement,
ils ne purent s'empêcher de les imiter.
La femme et les enfants du roi firent de même,
trop heureux d'avoir enfin une occasion de s'amuser.

Et voilà que le roi, à son tour, n'y tint plus.
La musique s'empara de lui, son visage se dérida.
Il se leva et se mit lui aussi à se balancer et à tournoyer.

La chanson terminée, le roi se rassit, haletant.
Il dit enfin, le visage radieux :
– Je ne savais pas que la musique
pouvait procurer autant de plaisir,
beaucoup plus que la vue de l'or et des richesses.
C'est toi qui m'as permis de le découvrir.
Jamais personne ne m'avait fait
un aussi beau cadeau !
Je te nomme « musicien officiel du roi ».

Le garçon resta au palais pendant que
les villageois repartaient annoncer
la bonne nouvelle à son père.

Le lendemain, le roi devait recevoir les envoyés d'un roi voisin.
Quand les ambassadeurs entrèrent, le roi leur annonça :
– Je vais vous offrir ce que j'ai de plus précieux dans mon royaume.
Les envoyés s'étonnèrent, car il n'y avait dans la salle aucun présent,
aucune richesse. Le roi fit alors un signe de la main au fils du paysan.

Celui-ci s'avança et se mit à chanter, à battre des mains
et à danser comme la veille.
Les ambassadeurs l'écoutèrent d'abord surpris.
Puis conquis, ils se mirent eux aussi à danser
avec le roi, ses ministres et ses courtisans.
– Quelle merveilleuse musique ! dirent-ils, quand la danse s'arrêta.
Nous n'en avions jamais entendu de pareille !

Rentrés chez eux, les ambassadeurs racontèrent ce qu'ils avaient vu et entendu,
et répandirent la nouvelle dans toute l'île de Madagascar.
Et c'est ainsi que le royaume du petit paysan chanteur reçut le nom de
« royaume de la musique et de la gaieté ».

Aubin Imprimeur, Poitiers – 02-2004 – Dépôt légal : mars 2004
Éditions Flammarion (N°2533) – N° d'impression : P 66485
Loi n°49-956 du 16 juillet 1949 sur les publications destinées à la jeunesse.